作者介紹｜張輝誠

臺灣師大文學博士，曾任臺北市中山女中教師，文學作家，作品曾獲時報文學獎、梁實秋文學獎。曾獲教育部教學卓越獎金質獎，2013 年 9 月開始提倡「學思達教學法」，是臺灣教育圈「隨時開放教室」第一人。

關於學思達

曾任教於臺灣中山女中的張輝誠老師以十多年的時間自創「學思達」教學法，讓課堂成為有效教學的場域，真正訓練學生自「學」、閱讀、「思」考、討論、分析、歸納、表「達」、寫作等一生受用的能力。

臉書「學思達教學社群」目前已有五萬兩千名老師、家長、學生、學者每天進行專業教學討論；「學思達教學法分享平台」(ShareClass) 打破校際藩籬，共享學思達教學講義；三十餘位學思達核心講師群團隊，在全臺灣各地辦理演講、工作坊，分享學思達教學法，更受邀至各地分享經驗，為華人世界的教育革新寫下新頁。

學思達小學堂 1

小刺蝟愛生氣

文｜張輝誠

圖｜WaHa Huang

責任編輯｜黃雅妮　特約美術設計｜蕭旭芳
行銷企劃｜陳詩茵、吳函臻
發行人｜殷允芃　創辦人兼執行長｜何琦瑜
副總經理｜林彥傑　總監｜黃雅妮　版權專員｜何晨瑋、黃微真
出版者｜親子天下股份有限公司
地址｜台北市 104 建國北路一段 96 號 4 樓
電話｜(02) 2509-2800　傳真｜(02) 2509-2462
網址｜www.parenting.com.tw
讀者服務專線｜(02) 2662-03322　週一～週五：09:00~17:30
讀者服務傳真｜(02) 2662-6048
客服信箱｜bill@cw.com.tw
法律顧問｜台英國際商務法律事務所．羅明通律師
製版印刷｜中原造像股份有限公司
總經銷｜大和圖書有限公司 電話：(02) 8990-2588

出版日期｜2018 年 9 月第一版第一次印行
　　　　　2021 年 7 月第一版第十四次印行
定價｜300 元　書號｜BKKP0226P
ISBN｜978-957-503-031-5　（精裝）

訂購服務───────────
親子天下 Shopping｜shopping.parenting.com.tw
海外・大量訂購｜parenting@cw.com.tw
書香花園｜台北市建國北路二段 6 巷 11 號
電話｜(02) 2506-1635
劃撥帳號｜50331356 親子天下股份有限公司
www.parenting.com.tw

學思達小學堂
教學影音

立即購買 >

小刺蝟愛生氣

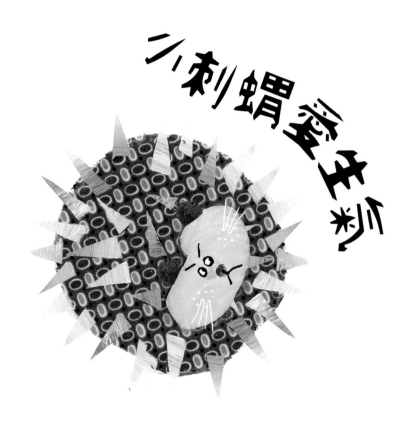

文　張輝誠

圖　WaHa Huang

小刺蝟愛生氣，一生氣，身上的刺就會站起來。
玩遊戲時，小刺蝟輸了，他好生氣，變成一顆圓滾滾的小
刺球，刺傷了贏得比賽的小豬，小豬生氣的說：「我再也
不和小刺蝟玩了。」

小刺蝟喜歡和朋友聊天， 但他只喜歡講，
不喜歡聽別人說， 如果有人插嘴，
或不讓小刺蝟說話， 他就會變成一顆
圓滾滾的小刺球， 滾過來。

小兔子說：「哎呀， 好痛喔！」
小雞也大叫：「痛死我了！」
小雞很快的跳走， 小兔子只往後退了一點，
他想起之前小刺蝟曾經救過他。

小ㄒㄠ刺ㄘ蝟ㄨㄟ不ㄅㄨ喜ㄒㄧ歡ㄏㄨㄢ排ㄆㄞ隊ㄉㄨㄟ，只ㄓ要ㄧㄠ排ㄆㄞ在ㄗㄞ最ㄗㄨㄟ後ㄏㄡ一ㄧ個ㄍㄜ，
他ㄊㄚ就ㄐㄧㄡ會ㄏㄨㄟ生ㄕㄥ氣ㄑㄧ的ㄉㄜ變ㄅㄧㄢ成ㄔㄥ一ㄧ顆ㄎㄜ圓ㄩㄢ滾ㄍㄨㄣ滾ㄍㄨㄣ的ㄉㄜ小ㄒㄠ刺ㄘ球ㄑㄧㄡ，
大ㄉㄚ家ㄐㄧㄚ都ㄉㄡ害ㄏㄞ怕ㄆㄚ的ㄉㄜ躲ㄉㄨㄛ開ㄎㄞ。
小ㄒㄠ刺ㄘ蝟ㄨㄟ來ㄌㄞ到ㄉㄠ第ㄉㄧ一ㄧ個ㄍㄜ位ㄨㄟ置ㄓ，很ㄏㄣ得ㄉㄜ意ㄧ，
身ㄕㄣ上ㄕㄤ的ㄉㄜ刺ㄘ慢ㄇㄢ慢ㄇㄢ的ㄉㄜ收ㄕㄡ起ㄑㄧ來ㄌㄞ。

7

等他站好時， 發現大家都生氣的瞪著他。

小刺蝟心想： 「 沒關係， 只要我開心就好。

反正一生氣， 大家就會怕我、 讓我。 」

時間一久，小刺蝟慢慢發現，
大家開始躲著他，
不和他玩，也不和他聊天，
更不願意賣票給他看表演。

小刺蝟很生氣，
變成一顆圓滾滾的小刺球，
朝大家衝過來。

大ㄉㄚˋ家ㄐㄧㄚ 早ㄗㄠˇ就ㄐㄧㄡˋ躲ㄉㄨㄛˇ他ㄊㄚ躲ㄉㄨㄛˇ得ㄉㄜ 遠ㄩㄢˇ遠ㄩㄢˇ的ㄉㄜ 。

小ㄒㄧㄠˇ刺ㄘˋ蝟ㄨㄟˋ獨ㄉㄨˊ自ㄗˋ在ㄗㄞˋ森ㄙㄣ 林ㄌㄧㄣˊ裡ㄌㄧˇ滾ㄍㄨㄣˇ來ㄌㄞˊ滾ㄍㄨㄣˇ去ㄑㄩˋ，
直ㄓˊ到ㄉㄠˋ撞ㄓㄨㄤˋ到ㄉㄠˋ東ㄉㄨㄥ 西ㄒㄧ 才ㄘㄞˊ停ㄊㄧㄥˊ下ㄒㄧㄚˋ來ㄌㄞˊ。

過了一段時間， 小刺蝟終於不生氣了，
他突然覺得又累又孤單， 想要回家，
但卻發現身體動不了。

小刺蝟被荊棘纏住了， 他好生氣，
越生氣荊棘就纏得越緊，
他著急的放聲大哭。

小兔子遠遠的聽到哭聲，
請長頸鹿伸長脖子看，
再請小猴子爬上樹梢，
大家依照小猴子的指示
找到了小刺蝟。

小兔子請大家一起幫忙拉拉小刺蝟。
小刺蝟看見大家來幫忙，心裡很開心。

「那麼多刺，怎麼拉啊？」小豬一邊拉一邊抱怨。
「對呀，是他自己愛生氣才會這樣。」小猴子也唸唸有詞。
小刺蝟聽了又氣又羞，張開的刺越來越多，
身體也越纏越緊，而且又刺傷了動物們。

大家異口同聲的說：
「我們不要再管小刺蝟了！」

小兔子不忍心，說：
「大家就再幫幫小刺蝟吧。」
小猴子想起從前他和小刺蝟合作打敗獵人的事，
心也軟下來：「可是，只要小刺蝟繼續生氣，
我們就沒有辦法幫忙啊！」

小兔子溫柔的對小刺蝟說：
「你是我們珍惜的好朋友，
我們都會在旁邊陪著你。 你可以生氣，
但也可以試著去感覺心裡的氣，
和它好好相處， 然後再慢慢把它送走。 」

23

小兔子緊緊握住小刺蝟，
手被扎了好幾次， 忍不住往後縮了一下。
這時， 他想起之前獵人重重跌在小刺蝟身上，
小刺蝟也好痛， 於是小兔子又慢慢的把手往前握。

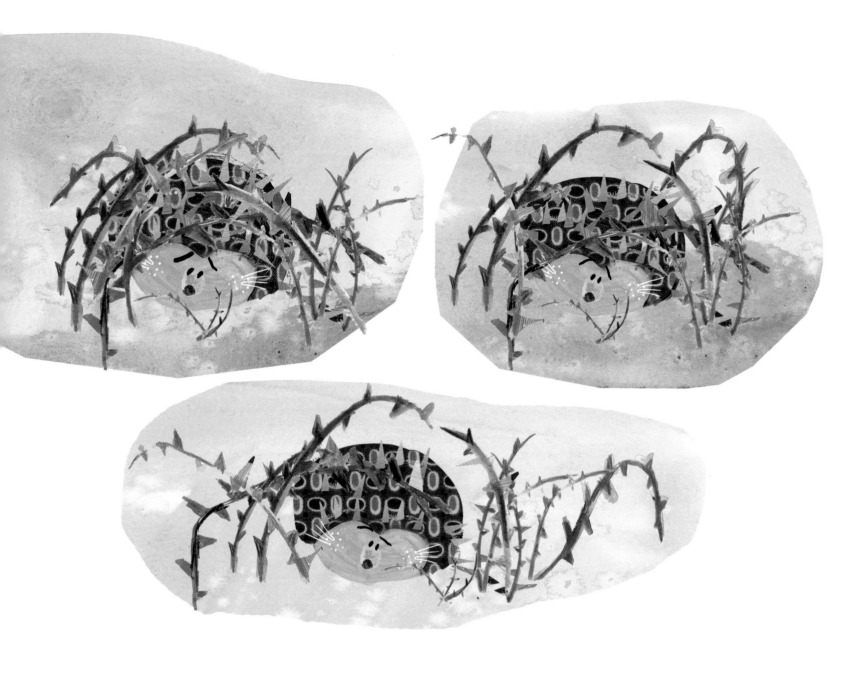

小刺蝟心裡暖暖的， 他很想跟大家說對不起，
但說不出口， 只默默的在心裡說。
沒想到每說一次， 刺就一根一根的收回來。

最後，他在心裡對大家說：
「對不起，我愛生氣，
也害大家生氣，
以後我會學著控制脾氣，
謝謝你們願意幫助我。」

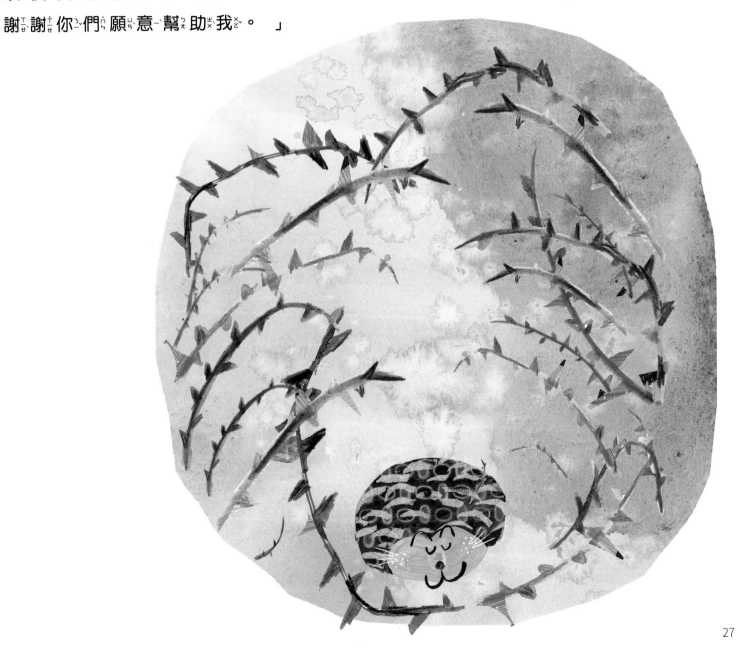

小刺蝟一說完，
身上的刺幾乎全都收起來了。
大家合力把小刺蝟從荊棘裡拉出來，
一起平安的回家。

從此以後， 玩遊戲、 聊天、 排隊的時候，
小刺球再也不會滾來滾去。
因為小刺蝟總會想起小兔子
握住他的手時的溫暖，
和大家對他的幫忙。

一旦發ㄈㄚ現ㄒㄧㄢ自ㄗ己ㄐㄧ
快ㄎㄨㄞ要ㄧㄠ生ㄕㄥ氣ㄑㄧ了ㄌㄜ，
就ㄐㄧㄡ會ㄏㄨㄟ趕ㄍㄢ快ㄎㄨㄞ走ㄗㄡ到ㄉㄠ
角ㄐㄧㄠ落ㄌㄨㄛ去ㄑㄩ。

他會告訴自己：
「沒關係，可以生氣，
只要不傷害自己，
也不傷害別人就好。」

每次這樣想的時候，
張開的刺就會一根一根的收回來。